LA NYMPHE PYRÈNE

AUX FRANÇAIS.

ODE.

IMPRIMERIE DE J. TASTU,

RUE DE VAUGIRARD, N° 36.

Ainsi l'Olymphie royale aux *** *** *** *** *** ***
Syrène amante des déserts,
elle fuit détournant son regard noble et ***
des longs débats de l'*** ***

LA
NYMPHE PYRÈNE
AUX FRANÇAIS,
ODE,

SUIVIE

DE LA NYMPHE EUROPE ; DE ZÉPHIRE ET FLORE ;

DU COUVENT, POEME ; DU LÉZARD ,

ET DU MAMELUCK MOURANT.

PAR P. DENNE-BARON,

DE PLUSIEURS ACADÉMIES.

Usque huc venies, et non procedes ampliùs.

JOB.

A PARIS,

CHEZ EYMERY, LIBRAIRE, RUE MAZARINE, N° 30;

LADVOCAT, COREARD, CHAUMEROT JEUNE,

AU PALAIS-ROYAL.

1823.

PRÉFACE.

Un homme parut, qui prit aux mains de Jupiter
même la chaîne d'or où le monde est suspendu ; il
tint long-temps le monde en équilibre, mais voulant donner à la chaîne une trop grande tension,
elle se rompit ; il tomba, et, nouveau Prométhée,
comme lui ayant fait beaucoup de bien et beaucoup de mal aux hommes, comme lui, il fut cruel-
lement attaché sur un rocher désert, où il mourut
du supplice de ce Titan (1) : Napoléon, ébranlant
dans sa chute les ressorts politiques de l'univers, les
relâcha à un tel point, qu'il s'ensuivit un nouvel

---

(1) Cela n'est point une exagération, puisqu'un vautour
déchirait le foie de Prométhée attaché sur un roc du Caucase,
et qu'un cancer cruel dévorait lentement les entrailles de
Napoléon, sur le roc de Sainte-Hélène. Quand il n'y aurait que
l'ennui et le chagrin qui eussent été la cause de sa mort, l'image
serait encore juste, car on peut bien appliquer à ces deux en-
nemis de la vie humaine, ces vers sublimes de La Fontaine :

> Véritable vautour, que le fils de Japet
> Représente enchaîné sur son triste sommet.
>
> (La Fontaine, *Phil. et Bauc.*)

ordre de choses, ou, pour mieux dire, un chaos à débrouiller.

L'ombre de Parthénope, dans le sommeil de la tombe, rêva un moment la liberté, et dans ses songes fallacieux, depuis long-temps, elle murmurait ce nom si doux ; la molle Campanie, séduite par la voix de sa Sirène, prit les armes ; mais, trop lourdes pour ses bras efféminés, elles tombèrent sans coup férir.

Dans ces mêmes temps, les ombres de Léonidas et des trois cents Spartiates apparaissent tout armées aux yeux de la Grèce esclave. A cette héroïque vision, la vieille patrie d'Achille, d'Homère et de Socrate, pleure de honte, secoue la chaîne musulmane, et pousse un cri d'indépendance : toute la terre des Hellènes l'entendit, et le haut Olympe, et le caverneux Ossa, et le verdoyant Hymète, et l'Ida, fabuleux berceau de Jupiter, et le bruyant Achéloüs, et le majestueux Alphée, et l'agile Sperchius, et les riantes Cyclades, et la voluptueuse Cypre, et les fraîches vallées du Taygète, jusqu'à Corinthe aux deux mers, et Corinthe jusqu'à l'Épire aux noires forêts. L'Égypte, le Bosphore, l'Asie, entourent une poignée de héros de leurs cimeterres et de leurs flottes ; et, ce que ne pourra croire la postérité, c'est que l'Europe chrétienne, avec des sarcasmes, abandonna ses frères à leur sort, ou plutôt à leur gloire, car le Dieu des armées marcha devant eux ; il se ressouvint qu'il n'avait point vainement envoyé son apôtre bien aimé à Patmos (1).

Comme par une commotion électrique, au même moment, par-delà les mers d'Atlas, le Mexique se réveille, et préfère à l'or qui rend esclave le fer qui délivre.

Déjà l'invincible et opiniâtre Ibérie, à peine libre des armées françaises, c'est-à-dire d'un demi-million d'hommes dont elle dévore à loisir dans ses plaines les belliqueux ossemens, voulant vivre sous des lois plus douces, avait brisé les instrumens de la torture sur le tribunal de l'inquisition, ces reliques affreuses et sanglantes des dieux phéniciens et de cet homicide Moloch, que jadis lui apporta Carthage et les bourreaux futurs de Régulus. Cette transition me mène naturellement à l'explication de mon Ode : je vais développer le but et l'esprit dans lesquels je l'ai composée.

Je crois qu'on peut être excellent royaliste, et ne point être partisan de la guerre qui va éclater incessamment contre l'Espagne, puisque des amis sincères de la légitimité ont prouvé clairement qu'elle était inutile pour affermir le trône de France, qu'une paix de neuf années a peut-être déjà rendu un des plus florissans de l'Europe, et qu'une guerre

_____

(1) C'est dans son exil à Patmos que saint Jean composa son Apocalypse; Patmos est une île de l'Archipel.

malheureuse pourrait compromettre ; car, malgré
les bons sentimens d'une armée dévouée à ses
princes, la guerre a ses chances. Si l'on admet la
possibilité d'un revers (tout bon royaliste qu'on
puisse être), où trouverons-nous des soldats et de
l'argent ? Ce qui nous manque le moins c'est le
courage, sans doute ; mais qu'est-ce que quatre-
vingt mille hommes dans un pays comme l'Espagne,
sans compter le Portugal, son allié par le triple
accord de l'opinion, des traités et de la nature ?

Puisqu'un peintre, Rubens, fut homme d'État,
un poëte peut être diplomate un moment. J'oserai
donc avancer qu'il eût été plus prudent d'établir
un camp formidable au pied des Pyrénées, et d'at-
tendre l'offensive. En mettant ainsi de son côté la
justice, on y met la force, on repousse de la
patrie un envahissement, s'il y a lieu, et l'on ne
s'enfonce pas dans un pays si récemment funeste
aux Français, et l'on ne renouvelle point une guerre
dont les exemples, comme autant de plaies, saignent
encore à nos yeux. Ainsi serait rempli ce bel adage
de Machiavel : *Si vis pacem, para bellum : Si vous*
voulez la paix, préparez la guerre. C'est ce sentiment, c'est cette opinion qui m'ont inspiré mon
épigraphe : *Usque huc venies, et non procedes am-*
pliùs. Venez ici et n'allez pas plus loin, c'est-à-
dire, plus loin que le pied des Pyrénées.

D'un côté la nécessité de la guerre, de l'autre le

besoin de la paix, ont trop bien exercé l'éloquence de nos plus fameux orateurs d'opinions opposées, pour que j'ose entrer dans la lice après eux (1).

Comme poëte, mon but est de présenter dans une ode les désavantages d'une guerre éminente et prochaine, en entassant des images vives, des oppositions brillantes, plutôt que des raisonnemens ; car les temps sont passés où Orphée, législateur, entraînait sur l'Hémus les rochers et les bois ; les journaux ont seuls aujourd'hui cette prérogative, d'occuper les esprits de la foule curieuse, et jamais le chantre de Thrace n'eut autant d'auditeurs dans toute sa vie qu'ils ont de lecteurs en un jour, quoique ce poëte leur parlât. ainsi qu'eux, politique, et même théogonie.

Mon ode s'adresse à tous les Français ; elle a donc besoin d'une explication qui la rende claire au commun des lecteurs.

Je mets en scène une fille de rois, la nymphe Pyrène, qui, si les temps héroïques ne doivent point être révoqués en doute, a seule donné son nom à cette chaîne de monts fameux qui sépare l'Espagne de la France, et qu'un dieu prudent leur a donnée pour barrière.

---

(1) L'opinion de M. le baron de Barante, pair de France, sur le projet de loi relatif à l'appel des jeunes Français de la classe de 1823, est, parmi les discours de nos orateurs, un chef-d'œuvre de logique et d'éloquence.

Plusieurs étymologistes pensent que les Pyrénées ont été ainsi nommées de *pyr*, mot grec qui signifie *feu*, parce que leurs sommets sont souvent frappés de la foudre, ou parce qu'ils se terminent en pointe comme une flamme. Diodore prétend qu'elles prirent leur nom de l'incendie universel de leurs forêts, auxquelles des pasteurs mirent le feu, ainsi que Madère, qui prit son nom des antiques forêts de madriers qui brûlèrent pendant des siècles, et dont la cendre noircit encore le sol de cette île. Quoi qu'il en soit de ces étymologies des Pyrénées, comme la première convient merveilleusement bien à l'édifice de mon Ode, c'est elle que j'ai choisie.

Pyrène, fille de Bébryx, ou de Bébryce, ou de Bébrycius, roi d'une petite contrée de l'antique Ibérie, après avoir été violée par Hercule, dans la solitude de ces roches escarpées, fut dévorée par les bêtes féroces et ensevelie sur ces montagnes : quelques-uns assurent que ce fut après avoir mis au monde un serpent. Puisse ce monstre être pour nous un emblème de prudence et non de discorde ! D'autres veulent que cette princesse ait tendrement aimé le fils d'Alcmène, qui la paya de retour, et qu'en sa qualité de nymphe elle soit immortelle (1);

_____

(1) Voici ce que dit à ce sujet Silius Italicus :

Qualis Atlantiaco memoratur littore quondam
Monstrum Geryones immane tricorporis iræ

c'est ce sentiment que j'ai adopté : Bébryce, le
père de Pyrène, était un roi juste et ami du
peuple ; Géryon, au contraire, roi d'Érythie, ou

Cui tres in pugnâ dextræ varia arma gerebant,
Una ignes sævos , ast altera ponè sagittas
Fundebat, validamque torquebat tertia cornum ;
Atque uno diversa dabat tria vulnera nisu

(Sil. , lib. iii)

Ainsi l'on nous peint ce monstre, ce Géryon à trois têtes,
qui régnait sur le rivage Atlantique : dans les combats, ses
trois mains portaient trois armes différentes : l'une secouait
une torche enflammée, l'autre lançait des flèches, et la troi-
sième balançait un lourd javelot; d'un seul coup il faisait trois
blessures.   (Sil. Ital., liv. iii.)

Voici les vers de Virgile qui ont rapport à la défaite de ce
géant par Alcide :

Nam maximus ultor
Tergemini nece Geryonæ spoliisque superbus
Alcides aderat, taurosque hûc victor agebat
Ingentes · vallemque boves amnemque tenebant.

(Æneid., lib. viii, v. 201.)

Car Alcide, le vengeur du monde, n'était pas loin : fier de
la triple mort de Géryon et de ses dépouilles, il conduisait
vainqueur les superbes taureaux enlevés à ce roi ; ce troupeau
remplissait tout le fleuve et toute la vallée. (Æneid., liv. viii.)

Lucrèce s'exprime ainsi sur Géryon :

Quidve tripectora, tergemini vis Geryonai ?

(Lucr., de nat. rer., lib. v.)

Qu'est-ce que ces trois corps, la force du triple Géryon?

(Lucr., de la nat. des ch., liv. v.)

d'Érythée, ou d'Éréthri, était un tyran, la terreur de ses sujets. Érythéc est une île dans l'Océan;
là s'élevait Gadès, aujourd'hui Cadix, où les anciens
prétendaient que la salubrité et la douceur du cli-
mat étaient telles que les hommes y semblaient
affranchis de la loi de la mort. Ce Géryon , fils de

Voici l'histoire, ou, si l'on veut, la fable de Pyrène, dé-
crite d'une manière pleine de charmes, par Silius Italicus. Je
me servirai de l'estimable traduction du savant Villebrune :

At Pyrenæi frondosa cacumina móntis
Turbatâ Pœnus terrarum pace petebat.
Pyrene celsâ nimbosi verticis arce
Divisos Celtis latè prospectat Iberos ;
Atque æterna tenet magnis divortia terris.
Nomen Bebryciâ duxère a virgine colles ,
Hospitis Alcidæ crimen ; qui sorte laborum
Geryonæ peteret quùm longa tricorporis arva
Possessus Baccho, sœvâ Bebrycis in aulâ
Lugendam formam sine virginitate reliquit
Pyrenen, letique deus, si credere fas est,
Causa fuit leti miseræ deus. Edidit alvo
Namque ut serpentem , patriasque exhorruit iras ,
Confestim dulces liquit turbata Penates.
Tum noctem Alcidæ solis plangebat in antris ,
Et promissa viri sylvis narrabat opacis ,
Donec mœrentem ingratos raptoris amores ,
Tendentemque manus , atque hospitis arma vocantem
Diripuêre feræ. Laceros Tyrinthius artus ,
Dùm remeat victor lacrymis perfudit, et amens
Palluit , invento dilectæ virginis ore.
At voce Herculeâ percussa cacumina montis
Intremuêre jugis , mœsto clamore ciebat

Chrysaor et de Callirhoé , était un géant à trois
corps , parceque , disait-on , il possédait les trois îles
Majorque , Minorque et Ivica , l'ancienne Ébuse : il
avait un dragon à sept têtes et un chien à deux têtes,
emblèmes de sa puissance sur terre et sur mer. Ces
affreux gardiens veillaient sur ses troupeaux de
bœufs fameux par leur beauté ; Hercule les lui
ravit , après l'avoir tué. J'oppose , comme l'on
voit , ce roi cruel et ambitieux au juste et pacifique
Bébryce.

Dans la quatrième strophe, sous l'image de Xerxès

Pyrenen ; scopulique omnes , ac lustra ferarum
Pyrenen reboant. Tumulo tum membia reponit,
Supremum illacrymans , nec honos intercidet ævo ,
Defletumque tenent montes per sæcula nomen

(SIL. ITAL., lib III , v. 415.)

Annibal, qui ne connaît plus de paix, s'avance vers les
cimes des Pyrénées. Du haut de ces monts couverts de nuages,
Pyrène voit de loin l'Ibère séparé du Celte, et forme entre
ces deux contrees une barrière éternelle. On dit que ces montagnes ont pris ce nom de la fille de Bébryce, et ce fut le
crime d'Hercule : ce heros, occupé de ses travaux, se rendait
dans les vastes campagnes du triple Geryon   pris de vin dans
le redoutable palais de Bébryce, il laissa la déplorable Pyrène
déshonoree.

Un dieu, s'il est permis de le croire, ce dieu, dis-je, fut
ainsi cause de la mort de cette infortunée : à peine se fut-elle
aperçue qu'elle avait donné le jour a un serpent, qu'elle fre-
mit d'horreur, en se representant l'indignation de Bébryce,

jetant des chaînes à la mer pour la rendre esclave,
j'ai voulu peindre l'ivresse du pouvoir en général.
Que cette démence du grand roi contraste bien avec
ce beau trait de sagesse de Canut, roi d'Angleterre !
Ses courtisans, le louant outre mesure, égalaient sa
puissance à celle de Dieu : comme il se promenait
alors avec eux au bord de la mer montante, il s'as-
sied sur le rivage, et commande aux flots de n'aller
pas plus avant que ses pieds, mais bientôt la vague
allait l'envelopper ; c'est alors qu'il dit à ses courtisans effrayés du danger : *Vous voyez jusqu'où va
ma puissance*. Cependant Xerxès unissait à sa folle

---

et, toute troublée, elle renonça aux douceurs de la maison
paternelle. Alors, retirée dans des antres solitaires, elle pleura
la nuit qu'elle avait passée avec Hercule, et raconta aux sombres forêts les promesses qu'il lui avait faites. Gémissant ainsi
de la passion de son ingrat ravisseur, elle fut déchirée par les
bêtes féroces : en vain lui tendit-elle les bras et l'appela-t-elle
à son secours. Hercule revenant victorieux, aperçoit ses membres épars, les baigne de ses pleurs, et tout hors de lui, ne
voit qu'en pâlissant le visage de celle qu'il avait tant aimée.
Les cimes des montagnes, frappées des clameurs du héros, en
sont ébranlées. Dans l'excès de sa douleur, il nomme en gémissant sa chère Pyrène, et tous les rochers, tous les repaires
ne retentissent que de Pyrène. Soudain il réunit ses membres
dans un tombeau qu'il arrose pour la dernière fois de ses
larmes, perpétue ainsi la mémoire de son amante, dont le
triste nom vivra à jamais dans ces montagnes.

(SIL. ITAL., liv. III.)

vanité une sensibilité profonde ; car, lorsque du sommet d'une montagne, il regardait défiler son armée, composée d'un million de combattans , il se mit à pleurer amèrement , en pensant que , dans cent années , il n'existerait aucun homme d'une si grande multitude.

Dans la onzieme strophe , je parle du Tage qui roulait des sables d'or. Ce fait naturel est constaté par les historiens et les poëtes (1) ; c'est dans cette strophe que je parle de Numance : on connaît sa belle et malheureuse résistance contre les Romains : le grand Scipion ajouta à son surnom d'Africain celui de Numantin , de Numance, qui, sans murailles et sans tours , résista quatorze ans aux armées romaines. Quand cette ville fut prise par Scipion , le fer, le feu, le poison offrirent à ses infortunés habitans le plus glorieux des trépas : Scipion ne put triompher que du nom seul de Numance , car il n'en resta que des cendres, et pas un Numantin qu'on pût enchaîner à son char.

---

(1) Juvénal a dit.

Tanti tibi non sit opaci
Omnis arena Tagi, quodque in mare volvitur aurum ,
Ut somno careas   (Juv.)

Que les richesses du Tage, qui porte aux mers ses ondes lourdes de sables d'or, ne soient pas d'un si grand prix à tes yeux , pour qu'elles te privent des douceurs du sommeil

(Juv.)

Dans la treizième strophe, j'ai peint le malheur d'être roi; mes vers ne sont qu'un commentaire de cette belle pensée de M. de Châteaubriand : *Que les yeux des rois contiennent plus de larmes que ceux des autres hommes.* Mais ces vers de notre bon La Fontaine sont encore plus beaux. Il dit, en parlant du sage :

Il lit au front de ceux qu'un vain luxe environne,
Que la Fortune vend ce qu'on croit qu'elle donne.

La quatorzième strophe fait le sujet de la lithographie qui est en tête de cette brochure. Le parti opposé à notre sentiment sur la guerre, doit, avant de nous lire, se pénétrer de la pureté de nos intentions : loin de nous l'idée de vouloir paralyser le courage français et le dévouement de l'armée pour son roi. Déjà l'issue de cette guerre est connue du ciel, et notre lyre, toute française et toute dévouée à la monarchie, est prête à célébrer nos victoires, si le Dieu des armées se met de notre côté. Disons avec Shakespeare, dans Hamlet : *There is a special Providence in the fall of a sparrow !* Il y a aussi une Providence dans la chute d'un petit oiseau !

LA NYMPHE PYRÈNE,

AUX FRANÇAIS.

———◦———

Au front de nos guerriers les panaches frémissent,
    Le glaive étincelle en leur main ;
Vers le Tage tournés nos fiers coursiers hennissent,
    Leurs pas dévorent le chemin ;
Ils traînent à grand bruit ces machines horribles
Où cent foudres captifs, impatiens, terribles,
    Dorment près des torches de Mars,
    Et ces globes où l'épouvante,
    Les pleurs, le deuil, la mort sanglante,
    Se dérobent à nos regards.

Pyrène voit au pied de ses cimes altières,
    Colonnes antiques des cieux,
Cent jeunes bataillons s'indigner des barrières
    Qu'en vain posa la main des dieux.
« Où courez-vous, dit-elle, aveugles que vous êtes !
« Est-ce la soif du sang, ou la soif des conquêtes
    » Qui précipite ici vos rangs ?
    » Justes dieux ! pour le glaive encore,
    » Tendre moisson, viens-tu d'éclore ?
    » O Rois ! épargnez nos enfans !

2

» Prodigué comme l'onde à des conquêtes vaines,
 » Assez long-temps le sang français
» A grossi notre fleuve, a fait rougir nos plaines,
 » A rendu féconds nos guérets :
» Dans les plaines du Cid, victimes de la gloire,
» Cinq cent mille Français, trahis par la victoire,
 » Dorment du sommeil des héros ;
 » Barbares ! c'est assez ; leurs tombes
 » De tant de jeunes hécatombes
 » N'ont pas besoin pour leur repos.

» Pour qui préparez-vous cette chaîne effroyable
 » Forgée au conseil des enfers ?
» Etes-vous l'instrument d'un pacte impitoyable ?
 » Aux peuples portez-vous des fers ?
» Ainsi que vous, Xerxès, en sa royale ivresse,
» En idée, en espoir, asservissait la Grèce,
 » A la mer imposait des lois ;
 » Mais une vague courroucée
 » Engloutit la chaîne insensée
 » Que lui forgea ce roi des rois.

» Avez-vous désappris que ce feu magnanime,
 » La liberté, ce nom si doux,
» Est ainsi que ces lacs, cet air pur et sublime,
 » Un don des cieux commun à tous.
» L'homme ne peut à l'homme imposer une chaîne ;
» S'il tombe dans les fers, du céleste domaine,
 » C'est un aigle déshérité ;

» Mais, s'il ressaisit le tonnerre,
» Pour chaîne, aux maîtres de la terre,
» Il impose la liberté.

» Ainsi Dieu s'écria, quand il conçut le monde :
    » Soleil, sois roi de l'Univers ;
» Dans un cercle enfermé, brille, échauffe, féconde,
    » Mais, marche libre dans les airs.
» Sous nos vastes regards, suis tes lois, ô Nature !
» Fier Océan, mugis ; humble ruisseau, murmure ;
    » Roulez, globes silencieux ;
    » Sur des ailes, noble pensée,
    » Du grand cœur de l'homme élancée,
    » Fille des cieux, retourne aux cieux.

» Dieu dit, et l'astre roi, prisonnier dans l'espace,
    » De ses feux mesure les flots ;
» S'il s'arme de rayons, c'est pour purger la place
    » Qu'obscurcissait le vieux Chaos :
» La brute au fond des bois, l'insecte au sein de l'herbe,
» Tout, jusqu'à l'onde, obtient de l'Olympe superbe,
    » Les libres lois du mouvement ;
    » Et fière, aérienne, ardente,
    » Notre pensée indépendante,
    » Est de Dieu même un pur fragment.

» Je suis fille des rois qui régnaient sur le Tage
    » Quand Alcide franchit ces monts ;

» Aux fleuves, aux rochers de ce noble héritage,
 » Nous avons attaché nos noms:
» Donc vous ne croirez pas que, du désordre amie,
» Je flatte la licence, et que ma voix s'allie
  » A la voix d'un peuple effréné;
  » Oui, sa foi, sa pure justice
  » Sauva le sceptre de Bébryce,
  » Géryon seul fut détrôné.

» Ce monstre au triple corps, triple roi d'Érythie,
 » Effroi de nos bords enchantés,
» Du sang de ses sujets souillait l'herbe fleurie
 » Que paissaient ses bœufs indomptés;
» Mais un enfant des dieux, le généreux Alcide,
» Faisant mordre la glèbe à ce monstre homicide,
  » D'un coup immola trois tyrans,
  » Et, d'un œil plein de confiance,
  » Contempla l'horrible alliance
  » De trois cadavres expirans.

» Quoi! vous tentez encor les dés de la Fortune,
 » Lorsqu'ils ont souri sous vos doigts;
» Lorsque brille, attachée au trident de Neptune,
 » L'écharpe blanche de vos Rois?
» Eh bien! au Mars anglais rouvrez vos citadelles,
» De vos vaisseaux oisifs coupez les jeunes ailes,
  » Chassez Mercure de vos ports;

» Insultez à la paix, d'alarmes,
» De cris, de sang, de deuil, de larmes,
» Nourrissez vos pieux transports.

» Aux beaux temps où le Tage, en son onde opulente,
   » Roulait aux mers un blond trésor,
» La soif de notre sang était moins violente,
   » On n'avait soif que de notre or :
» Venez, fiers Scipions ; aux rocs faites la guerre,
» Numance en feu descend au niveau de la terre,
   » Sa cendre insulte à vos efforts !
   » Répondez donc, illustres têtes :
   » De vos passagères conquêtes,
   » Que vous est-il resté ? des morts !

» L'hiver de ses frimas ne blanchit plus mes cimes,
   » Mon front de fleurs va se couvrir ;
» Hélas ! plus d'un guerrier campé sur mes abîmes,
   » Ne le verra pas refleurir,
» O Rois ! autour de vous quand tout luit d'espérance,
» Quand, dans nos verts sillons, Cérès sourit d'avance
   » Aux promesses du doux Printemps,
   » Quand Cybèle arrive suivie
   » Et de l'amour et de la vie,
   » O Rois, quittez vos jeux sanglans !

» Du faîte rayonnant de son trône fragile,
   » Notre reine vous dit en pleurs,

» Qu'un palais n'est qu'un vaste et magnifique asile
　» Bâti pour de vastes douleurs !
» O reine, épouse et mère, un roi t'honore et t'aime ;
» Consolez-vous tous deux du poids du diadème ;
　　» Espérez un plus doux soleil :
　　» Les aquilons changent de plage,
　　» Et c'est des gouttes de l'orage
　　» Qu'Iris forme son arc vermeil. »

Ainsi Nymphe royale aux Rois se fait entendre
　　Pyrène amante des déserts ;
Elle fuit, détournant son regard noble et tendre
　　Des longs débats de l'univers :
Elle cherche la paix d'un roc inaccessible
Que troublent seuls le vol du tourtereau paisible,
　　Et le doux murmure des pins ;
　　Qui n'est rougi que de l'aurore,
　　Et dont la terre est vierge encore
　　Du sang des malheureux humains !

A LA NYMPHE EUROPE.

ODE.

La Nature, dans ses caprices,
Aux bords émaillés des ruisseaux,
Comme au penchant des précipices,
Courbe les jeunes arbrisseaux :
De l'un la tête fructueuse
Verse une ombre voluptueuse
Sur les sillons dorés d'Enna;
En butte au souffle de Typhée,
De l'autre la fleur étouffée
Sèche au pied brûlant de l'Etna.

Semblable aux arbres de la terre
L'homme au hasard naît et fleurit :
Le flot du Nil le désaltère,
Ou le gland du Nord le nourrit.
L'un naît sous d'indigens auspices,
Il partage avec ses génisses
Le dôme verdoyant des bois ;
L'autre naît sous le diadème,
Bercé par la Fortune même
Dans les langes brillans des rois.

Parmi les fils de Prométhée
Nul n'a pu choisir son berceau,

Ou dire mon ancre est jetée,
Enfin j'ai fixé mon vaisseau ;
Mais dans nous une main prudente
A placé.l'âme, lampe ardente
Qui dans les ténèbres nous luit,
Et perce cette nuit obscure
Qui couvre la route peu sûre
Où l'aveugle sort nous conduit.

Notre inconcevable folie
Le plus souvent fait nos destins ;
En vain la Nature nous crie :
« Fuyez ces funestes chemins !
» Quoi ! dédaigneux de ma corbeille,
» Où des saisons la main vermeille
» Vous offre des trésors si doux,
» Vous tourmentez, foule importune,
» Et l'air, et Cybèle, et Neptune,
» Forcés de s'armer contre vous !

» Quand le ciel investit la Parque
» De l'empire des noirs ciseaux,
» Des jours du pâtre et du monarque
» Lachésis brouilla les fuseaux,
» Pour que tout homme, hélas ! sa proie,
» Pût égayer d'un peu de soie
» Le sombre fil que tient sa sœur,
» Et que de la plus haute tête
» Le fil doré fût la conquête
» D'un long et vertueux labeur.

» Prêtres farouches de Bellone,
» Vous dressez dans les mêmes champs
» Des autels fleuris à Pomone,
» Au dieu Mars des autels sanglans ;
» On vous voit aux mêmes rivages
» Où, messagère des naufrages,
» Tout-à-l'heure l'éclair a lui,
» Sur un pin flottant et fragile
» Hasarder la vivante argile
» D'un corps plus fragile que lui !

» Quoi ! des puissances éthérées
» Blasphémateurs audacieux,
» De tant de morts prématurées,
» Vous osez accuser les Dieux !
» Mais le ciel, sous sa vaste voûte,
» Vous laisse achever votre route
» Au doux éclat de ses flambeaux ;
» Vos passions ministres sombres
» Des dieux impatiens des ombres,
» Dressent d'avance vos tombeaux.

» Dès qu'au char du soleil assise,
» De ses palais aériens
» Sur la terre à mes lois soumise
» J'épanchai la coupe des biens ;
» Dès ce jour nourrice du monde,
» Dans ma coupe riche et féconde
» Je trempai l'aile des zéphyrs ;
» Et le diamant et la gerbe

» Mûrirent, ô mortel superbe !
» Pour tes besoins et tes desirs.

» Et toi qu'as-tu fait de tes charmes,
» Aimable fille d'Agénor,
» Blonde Europe ? Je vois tes larmes
» Ruisseler sur ton sceptre d'or.
» Des Amours la voix enfantine,
» De Phébus la lyre argentine
» N'ont plus pour toi d'aussi doux sons ;
» Et sur ton front qu'il décolore
» Le pâle ennui sèche de Flore
» Les couronnes et les festons.

» Quoi ! tes plus beaux habits de gloire
» Sont teints du sang de tes enfans,
» Qui vont échangeant la victoire
» Et déchirant ses propres flancs :
» Ils composent leur fanatisme,
» De liberté, de despotisme,
» Sous le fard des opinions,
» Ces filles d'une nue informe
» Que de ses vapeurs le Styx forme,
» Que fécondent mille Ixions !

» Tes rois assis dans les tempêtes,
» En vain de leurs sceptres pesans,
» Veulent démêler les cent têtes
» De tous ces monstres menaçans :

» Dis-leur qu'il est parfois impie,
» Quand dort la Chimère assoupie,
» De troubler son triple sommeil;
» Puisque, dès que le fer la touche,
» Elle s'éveille plus farouche,
» Et fait payer cher son réveil.

» Tel, si Minos ou Rhadamante,
» De leurs sceptres impérieux,
» Au front d'Alecton pâlissante
» Châtie un serpent furieux;
» Soudain de nœuds inextricables,
» Mille reptiles implacables
» Enlacent son cou détesté,
» Et la chevelure livide
» Qui siffle au front de l'Euménide,
» Vient troubler la paix du Léthé.

» Pleine d'une terreur secrète.
» Dans son bizarre emportement,
» Sur le mont antique de Crète
» Tu prends la foudre à ton amant:
» Nouvelle Ino, pâle bacchante,
» L'airain bruyant du Corybante
» Précède ta marche et tes cris,
» Et tu cours foulant sur tes traces,
» Les Muses, les Amours, les Grâces,
» Les plaisirs, les jeux et les ris!

» La torche blême de Mégère
» Sied mal à l'amante d'un dieu,
» Le carquois doré de Cythère
» Ne fut-il point ton premier jeu ?
» Témoins ces platanes dont l'ombre
» Enveloppa d'une nuit sombre
» Tes mystérieuses amours,
» Quand, loin de la vague mutine,
» Jupiter aux bois de Gortyne
» Confia la fleur de tes jours.

» Jette ta robe ensanglantée,
» Reprends cette écharpe d'azur,
» Dont en souriant t'a dotée
» Uranie aux plaines d'Assur.
» De pampre alors la tête ornée,
» Les Saisons, filles de l'année,
» Et jeunes nymphes de ma cour,
» Sur le char rapide des Heures,
» Ramèneront dans tes demeures
» La paix, l'abondance et l'amour. »

Ainsi, de sa voix solennelle
Gourmandait ces ames de fer,
La Nature, fille éternelle
Du sourire de Jupiter.
Heureux si cette Nymphe sage
M'eût fait naître sur le rivage

Où Pénée a son antre frais !
Comme vit près d'une Nayade
La solitaire Hamadryade,
Là, loin des cités je vivrais !

Au beau vallon de Thessalie,
Près de son fleuve reculé,
Mes vers, mes amours et ma vie,
Purs comme l'onde, eussent coulé.
Là, mourant tel qu'un fruit qui tombe,
Lors même qu'autour de ma tombe,
Le lierre aurait déjà rampé,
Des trois Parques victorieuse,
Ma lyre, veuve harmonieuse,
Eût fait les charmes de Tempé !

Telle, l'amour du vieux Silène,
Aux rochers rians de Lesbos,
Meurt une vigne où Mytilène
Venait enrichir ses caveaux :
Sous les pieds du pâtre foulée,
Sa feuille par les vents roulée
Nourrit l'indolente brebis,
Tandis qu'au banquet des Satrapes
L'ambre liquide de ses grappes
Pétille et vit dans les rubis.

LE COUVENT.

Le jour meurt ; le clocher et sa flèche gothique
Dans la vapeur du soir s'effacent lentement ;
La lune, qu'à mes yeux cachait leur masse antique,
Comme une lampe d'or s'élève au firmament ;

A l'heure où tout se tait au fond du monastère,
Elle aime à se mirer dans les sombres vitraux,
Elle aime à pénétrer dans le chœur solitaire,
Elle aime à se jouer sur les noirs chapiteaux.

La voix du monde expire aux pieds de ces murailles
Qu'un roc aérien dérobe à son vain bruit :
Tel l'Athos, dont le flot bat les noires entrailles,
Lève un front couronné des astres de la nuit.

Dans ce port reculé des tempêtes du monde,
S'endorment, en priant, les vierges du Seigneur ;
Quelquefois un vain songe, image vagabonde,
Les rend aux faux plaisirs de ce siècle trompeur.

Celles-ci, sur la bure et le crin des cilices
Ajustant et la gaze, et les fleurs, et des nœuds,
Retournent en idée aux mondaines délices
D'un spectacle enchanteur, d'un bal voluptueux.

Celle-là, sur l'émail d'un gazon fantastique,
Croit languir dans les bras d'un fantôme charmant;
Celle-là, sur l'azur de la vague atlantique,
Immobile, poursuit un fugitif amant.

Par l'extase et le jeûne, en vain de la nature
Ces cœurs ont apaisé les cris impérieux;
Ils brûlent sans éclat : tel dans la nuit obscure
Un flambeau mal éteint jette ses derniers feux.

Des anges cependant, dont la main les couronne,
Leur ame vient d'ouïr les concerts ravissans,
Et cependant les cieux où Dieu posa son trône
D'une sainte rosée ont rafraîchi leurs sens.

De douces visions, les jours de leur enfance,
Le toit qui les vit naître, et peut-être un ami,
Des tendres cœurs souvent époux en espérance,
De leurs cœurs aux autels s'emparent à demi.

Le siècle à ses banquets vainement les convie;
Ils ont goûté son vin, ils ont oui son chant :
Son chant est corrompu, son vin a de la lie,
Son sourire est trompeur et n'a rien de touchant.

Plus d'une a préféré, sur des marbres pudiques,
De ses premiers baisers essayer la candeur,
Et brûler pour des saints et de froides reliques
Qui jamais n'ont trahi leur chaste adorateur.

Elles ne sentent point les épines cruelles
Que l'Hymen sut cacher dans son bandeau de fleurs ;
Jamais aussi leurs fils, se jouant autour d'elles,
D'un sourire enfantin ne charmeront leurs pleurs !

Dans ces jours où le Ciel les invite à ses fêtes,
Les fleurs, la perle et l'or sont tressés sous leurs mains ;
Mais ces riches bandeaux ne sont point pour leurs têtes,
C'est pour quelques martyrs, c'est pour le front des saints.

Aux premiers ouragans dont bientôt fut suivie
Leur entrée ici-bas, dans leur sainte frayeur
Elles ont emporté la lampe de leur vie,
Pour venir la suspendre au temple du Seigneur.

Le fard brillant des cours, le concert des louanges,
Ces Sirènes du cœur, l'Amour ni son flambeau,
Ne les abusent plus : sur la route des anges,
Par un sentier sans bruit, elles vont au tombeau.

Dieu les appelle-t-il ? Sur les saintes montagnes,
Ces filles de Jephté gravissent sans gémir ;
Et quand l'heure est sonnée, auprès de leurs compagnes
De l'éternel sommeil elles vont s'endormir !

Au pied du monastère, un amant de la lyre
Venait souvent s'asseoir, sur le déclin du jour :
Le bruit court qu'abîmé dans un morne délire,
Il a fui les humains, les a fuis sans retour.

Son charme était d'errer autour des cloîtres sombres
Où la vague Progné recula son palais,
Où le vert romarin, ami des vieux décombres,
Livre aux brises du soir ses sauvages attraits.

Un jour (dans ses regards une muse était peinte,
La Muse du malheur et des chastes secrets)
Il m'aborde et me dit : « Sous cette voûte sainte,
Croyez-moi, tous les cœurs n'ont point trouvé la paix !

» Je l'ai vue arriver au sein du monastère ;
Quand la grille sacrée eut crié sur ses gonds,
Rejetant sur le monde un regard en arrière,
Elle entra, soupirant on ne sut quels doux noms.

» Tel, lorsqu'il ne voit plus sur la nef fugitive
Que l'humide désert et que les vastes cieux,
Un exilé, de l'œil cherchant encor la rive,
N'adresse plus qu'aux vents ses éternels adieux.

» De ses charmes naissans une laine grossière
Ensevelit bientôt les fragiles trésors :
Dans le voile des nuits telle naît la lumière,
Tel croît un jeune lis dans la cendre des morts.

» Dès ce jour, cette vierge a cessé de se plaindre,
Dès ce jour, en ses yeux on ne vit plus de pleurs,
Les roses de sa bouche, où l'âme allait s'éteindre,
Avec le blanc narcisse échangeaient leurs couleurs.

» Ses yeux du firmament étaient la douce image,
A cette heure où du jour se couche le flambeau;
C'était au fond du cœur qu'elle portait l'orage,
Et que brûlait le feu qui la mit au tombeau.

» Telle d'un chaste éclat une lampe d'albâtre
Brille aux hymnes du soir, ornement des autels,
Tandis que, dans son sein, la flamme opiniâtre
Laisse avant d'expirer des ravages mortels

» Le nom, le chaste nom de la mère des anges
Revint avec l'année en son cours éternel:
Tout l'univers n'était qu'un concert de louanges,
Il était fête au temple, il était fête au Ciel.

» Autour du saint autel, et la rose pudique,
Et le jasmin sans tache, et le lis virginal,
Ou couraient en festons sur le marbre gothique,
Ou, montant en bouquets, vivaient dans le cristal.

« L'encensoir rend aux cieux les parfums de la terre,
Le chant des vierges monte au palais étoilé,
Le vin coule, l'autel accomplit son mystère,
Sous le pain des élus son Dieu descend voilé.

» Au virginal essaim ce Dieu donne, à sa table,
La paix, l'amour, la joie et l'immortalité:
Une d'elles s'approche, et du pain délectable
Son cœur, bien que mourant, goûte l'éternité.

» Elle a reçu son Dieu : sur la marche sacrée
Elle s'incline, tombe, et n'est plus d'ici-bas :
Ainsi la blanche voile, aux noirs autans livrée,
Leur échappe, et s'envole en de plus doux climats.

—

» C'était elle, c'était cette vierge divine
Que des cœurs sans pitié, que des humains... Ce nom
Ment : il ne fut jamais de céleste origine ;
L'homme joué le tient d'un rire du démon.

» Amélie!... » A ce nom, muet, il fond en larmes ;
Puis, regardant ce champ que sillonna la Mort :
« Champ stérile, a-t-il dit, quand rendras-tu ses charmes ?
Et toi, saule sacré, fais silence ; elle dort ! »

Il ne me parla plus : dans la forêt voisine
Il pénètre, il s'enfonce, et sa lyre avec lui,
Sa lyre son seul bien, sa compagne divine,
De qui la douce voix charme son long ennui !

Noël revint ; le nord grondait ; l'aube douteuse
Levait au bord du Ciel son voile de frimats :
Qu'aperçoit du hameau la fille matineuse ?
C'était lui qui dormait du sommeil du trépas !

Du givre du matin sa lyre étincelante
Semble la lyre d'or qui luit au firmament :
Vous croiriez qu'une fée a, de sa main brillante,
Semé ses noirs cheveux des feux du diamant.

3 *

Vous diriez, en voyant ce tranquille visage,
Cette lyre qui brille aux rayons du soleil :
« C'est Homère, qui dort, fatigué du voyage ;
C'est le bel Amphion, qu'a surpris le sommeil. »

Sur un tapis de mousse et sous un dais de lierre,
Son tombeau fut le creux d'un antre infréquenté,
Où la tendre pitié vint graver sur la pierre
Ce souvenir touchant qu'un pâtre m'a cité :

« Ici repose enfin, loin du bruit et du monde,
Un mortel que le monde accabla de ses traits ;
Hommes, qu'il poursuivit de sa haine profonde,
Approchez : il n'est plus, on lui doit des regrets ! »

ZÉPHIRE ET FLORE,

ODE.

Il est un demi-Dieu, charmant, léger, volage;
Il devance l'aurore, et d'ombrage en ombrage
    Il fuit devant le char du jour :
Sur son dos éclatant où frémissent deux ailes
S'il portait un carquois et des flèches cruelles,
    Vos yeux le prendraient pour l'Amour.

C'est lui qu'on voit le soir quand les Heures voilées
Entr'ouvrent du couchant les portes étoilées,
    Glisser dans l'air à petit bruit :
C'est lui qui donne encore une voix aux Nayades,
Des soupirs à Syrinx, des concerts aux Dryades,
    Et de doux parfums à la Nuit.

Zéphire est son doux nom; sa légère origine,
Pure comme l'Éther, trompa l'œil de Lucine,
    Et n'eut pour témoins que les airs :
D'un soupir du Printemps, d'un soupir de l'Aurore,
Dans son liquide azur le Ciel le vit éclore
    Comme un Alcyon sur les mers.

Ce n'est point un enfant, mais il sort de l'enfance;
Entre deux myrtes verds tantôt il se balance,
    Tantôt il joue aux bords des eaux :
Ou glisse sur un lac, ou promène sur l'onde
Les filets d'Arachné, la feuille vagabonde,
    Et le nid léger des oiseaux.

Souvent sur les hauteurs du Cynthe ou d'Erymanthe,
Sous les abris voûtés d'une source écumante
    Il lutine Diane au bain :
Ou quand aux bras de Mars Vénus s'est endormie,
Sur leur couche effeuillant un rosier d'Idalie
    Il les cache aux yeux de Vulcain.

Parfois aux antres creux, palais bizarre et sombre
De la sauvage Écho, du Sommeil et de l'Ombre
    Du Lion il fuit les ardeurs :
Parfois dans un vieux chêne aux forêts de Cybèle,
Dans le calme des nuits il berce Philomèle,
    Son nid, ses chants et ses malheurs.

Demi-Dieu, fils des Airs, tes grâces et tes charmes,
Ton âge au moins devait te sauver des alarmes
    Que verse l'urne du Destin !
Vint un jour où volant de prairie en prairie,
Vainement tu cherchas sur l'herbe défleurie
    Les blanches perles du matin !

D'une molle langueur tes ailes sont atteintes ;
L'Orient est en feu : ses roses semblent teintes
  Des flots ardens du Phlégéton :
Sous un maître nouveau qu'il brave et qu'il ignore,
Le char du Jour bondit du couchant à l'aurore ;
  Tremblez, mortels, c'est Phaéton !

L'Oréade s'enfonce en ses grottes profondes,
La Nayade s'enfuit sous la voûte des ondes,
  Et Zéphire aux rives des mers :
Sous les roulans saphirs de leurs berceaux liquides,
Sur leurs lits de corail, les vertes Néréides
  Ont recueilli le dieu des airs.

Parmi les frais détours d'une grotte secrète
Il gagna l'Élysée, innocente retraite
  Que du juste honorent les pas,
Pour qui les Dieux ont fait de plus vives étoiles,
Où le jour est plus pur, où la nuit a des voiles
  Que l'éclair ne déchire pas.

Zéphire même aux flots donne une voix brillante,
Le Léthé s'éveilla sur son urne indolente
  Aux doux concerts de ses roseaux :
La lyre de Linus que son aile balance
Aux lotos suspendue a rompu son silence,
  Et fait ouïr des airs nouveaux.

Cependant Jupiter que Thémis vient d'absoudre ,
Tonne sur Phaeton , il tombe ; un coup de foudre
    Sauve l'univers du chaos :
L'Olympe s'éclaircit , Cybèle enfin respire ,
Bacchus reprend son thyrse , et Flore qui soupire
    Fait entendre ces tristes mots :

« Ah ! si ton cœur est doux , que ta flamme est légère ,
» Beau Zéphire ; quand Flore expire sur la terre ,
    » Devrais-tu chercher d'autres lieux !
» Un dieu me rend en vain les larmes de l'Aurore ,
» C'est le flambeau de Gnide , hélas ! qui me dévore
    » Plutôt que le flambeau des Cieux !

» Si l'heureux Élysée où pénétra ton aile
» Te doit de ses gazons l'émeraude éternelle ,
    » Ah ! c'est trop faire pour les morts ,
» Si Flore ne te doit sa couronne vermeille ,
» Cérès ses blonds épis , Pomone sa corbeille ,
    » Et la Nature ses trésors !

» Cruel , un seul baiser de ta bouche charmante
» Rendrait la vie au monde , et l'ame à ton amante ;
    » Mais tu fuis ma couche et mon sort !
» Tes lèvres pour les ris , pour les amours écloses ,
» Craindraient de se ternir et de mêler des roses
    » Aux violettes de la mort !

» Mes gazons, mes jardins, tout mon empire en cendre,
» Un Ciel de feu, mes maux sont pour mon cœur trop tendre
    » Moins affreux que ton abandon :
» Hélas, rappelle-toi ma flamme rougissante,
» Nos hymens prolongés jusqu'à l'aube naissante ;
    » Oublierais-tu jusqu'à mon nom ! »

Zéphire est alarmé : volage, mais sensible.
Quand Flore expire, il quitte un séjour trop paisible
    Asile des chastes plaisirs :
Il fend l'air, il arrive à la couche de Flore ;
Ils ne parlèrent pas, mais jusques à l'aurore
    La nuit entendit leurs soupirs.

Coulez, soupirs charmans, coulez, nuits ravissantes,
Brûlez, flambeaux d'Hymen, à vos flammes puissantes
    Flore a ranimé ses couleurs :
Aux premiers jours du monde elle parut moins belle
Quand Hébé, pour tresser à sa coupe immortelle,
    Lui ravit la reine des fleurs.

Soumettons-nous au sort : Téthys a ses naufrages,
Cybèle ses volcans, l'Olympe des orages
    Qui rendent son nectar amer :
Avec Flore attendons que le Zéphire arrive :
Un jour luira peut-être où Vénus sur la rive
    Remettra sa conque à la mer.

Puisses-tu , beau Zéphire , auprès de ton poete ,
Pour seul prix de mes vers , au fond de ma retraite ,
    Caresser un jour mes vieux ans !
Et si le sort le veut , puisse un jour ton haleine ,
Sur les bords fortunés de mon petit domaine
    Bercer mes épis jaunissans !

LE LÉZARD.

ODE.

Le long de ton rempart d'argile,
Tout palpitant de crainte au seul bruit de mes pas,
   Pourquoi fuis-tu, lézard agile?
Ne crains rien : que ta vie aurait pour moi d'appas !

   Qu'elle est douce, qu'elle est paisible !
Sous les fruits, dans les fleurs te surprend le sommeil,
   Et sous les feuilles, invisible,
Tu bois en t'éveillant les rayons du soleil.

   Nos tours, nos colonnes altières,
Nos pilastres pompeux, nos palais te font peur ;
   Quelques tourelles, quelques pierres
Abritent ta famille et cachent ton bonheur.

   Sur les verts remparts de Pomone
Tu te plais à courir, ou bien, trompant nos yeux,
   Semblable à la feuille d'automne,
Tu couvres, immobile, un fruit délicieux.

Dans ton œil une âme étincelle ,
Hôte de nos jardins , solitaire à demi ,
   Du sage l'image fidèle ,
De l'homme que tu fuis serais-tu donc l'ami ?

   C'est ainsi qu'un modeste hermite
S'entoure de silence , et du creux d'un rocher ,
   Veillant sur l'homme qu'il évite ,
A ses foyers pieux réchauffe le nocher.

   Lorsqu'à l'ombrë de ce vieux chêne ,
Sur l'herbe de ces prés , dans ces muguets fleuris ,
   Morphée et la berce et l'enchaîne ,
Veille sur ma Chloé du haut de tes lambris.

   Si des vents l'haleine indiscrète
Gonfle le lin léger gardien de ses appas ,
   Sors aussitôt de ta retraite ,
De mes rivaux écoute et le souffle et les pas.

   Surtout avant qu'un œil profane
De ses charmes divins ne s'enivre en secret ,
   Va l'éveiller ; hélas ! Diane
N'a pu sauver les siens d'un regard indiscret !

   Sur le front de celle que j'aime
En te jouant effeuille , ou balance une fleur ;
   Dans les plis de sa robe même ,
Glisse-toi ; s'il le faut , alarme sa pudeur.

Toi seul, entre ses tresses blondes,
Fidèle ami, tu peux te jouer un moment :
   De là tes amours vagabondes
Descendront à leur gré le long d'un cou charmant.

   Non loin, hôte aimable et folâtre,
Entre une double rose un vallon plein de lys
   Te mène à deux globes d'albâtre,
Dans la coupe d'Hébé par l'Amour arrondis.

   Ou bien, de sa jambe élégante,
Effleure, si tu veux, le gracieux contour;
   Tout t'est permis, si mon amante
Est l'objet de tes soins et la nuit et le jour.

   Bientôt de ton être fragile
Les terrestres débris iront aux mêmes lieux
   Où gît l'impitoyable Achille,
Où dort la belle Hélène, où sont les demi-dieux (1).

   Tel que le berger de Mantoue
Dont la voix soupira le sort d'un moucheron,
   Non moins pieux que lui, je voue
A ta cendre une tombe, et des vers à ton nom.

———————————————————————

(1) Dans la théogonie païenne, les demi-dieux étaient sujets à la mort. Hercule fut enterré sur l'OEta.

Mais l'homme est-il sûr d'une aurore ?
Peut-être aux sombres lieux descendrai-je avant toi !
Le papillon qui vient d'éclore
Peut-être doit compter plus de soleils que moi.

LE MAMELUCK MOURANT.

Pour toi j'ai tout quitté, noble pays de France,
Sœurs, épouse, Désert ; je t'offris ma vaillance,
    Mon cimeterre et mon coursier :
Pour toi, dans tes revers mon sang rougit tes plaines,
De ce fidèle sang des hordes inhumaines
    Souillent ton sol hospitalier !

Nourrice des héros, ô France magnanime,
Mon âme en s'exhalant ne te fait point un crime
    De mon cruel et triste sort :
Et toi, sœur de Sidon (1), tes mains sont innocentes,
La Discorde en fureur, sur tes tours menaçantes,
    Dans tes murs appelait la mort.

O toi seul compagnon qui survis à ton maître,
Adieu, vaillant coursier, tu reverras peut-être
    Les rians palmiers du Désert !

---

(1) On voit que je veux parler de Marseille, qui fut fondée par une
colonie de Phocéens ; je l'appelle sœur de Sidon à cause de l'immense
commerce qu'elle fait avec le Levant, et de sa belle situation sur la
Méditerranée

Vents frais, flots azurés que j'entrevois à peine,
Poussez mon corps sanglant sur la rive africaine,
   De sable au moins qu'il soit couvert!

Dans le sable effleuré des gazelles timides,
Puissé-je encor dormir au pied des pyramides,
   Et du Désert goûter la paix!
Un jour mes fils errans, sur leur base éternelle
Viendront graver ces mots : *à ses amis fidèle*
   Son sang coula pour les Français!